4

8|11

W9-CJC-502

Pepita on Pepper Street
Pepita en la calle Pepper

By / Por Ofelia Dumas Lachtman
Illustrations by / Ilustraciones de Alex Pardo DeLange
Spanish translation by / Traducción al español de María Estela Monsivais

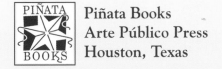

Piñata Books
Arte Público Press
Houston, Texas

Publication of *Pepita on Pepper Street* is funded by grants from the City of Houston through the Houston Arts Alliance, the Clayton Fund, and the Exemplar Program, a program of Americans for the Arts in collaboration with the LarsonAllen Public Services Group, with funding from the Ford Foundation. We are grateful for their support.

Esta edición de *Pepita en la calle Pepper* ha sido subvencionada por la Ciudad de Houston por medio del Houston Arts Alliance, el Fondo Clayton y el Exemplar Program, un programa de Americans for the Arts en colaboración con LarsonAllen Public Services Group, con fondos de la Fundación Ford. Les agradecemos su apoyo.

Piñata Books are full of surprises!
¡Piñata Books están llenos de sorpresas!

Piñata Books
An Imprint of Arte Público Press
University of Houston
452 Cullen Performance Hall
Houston, Texas 77204-2004

Lachtman, Ofelia Dumas
    [Pepita on Pepper Street. English & Spanish]
    Pepita on Pepper Street / by Ofelia Dumas Lachtman; illustrations by Alex Pardo Delange; Spanish translation by María Estela Monsivais. Pepita en la calle Pepper / por Ofelia Dumas Lachtman; ilustraciones de Alex Pardo DeLange.
        p.   cm.
    Summary: Pepita, unhappy about her family's move to a street where everything is new to her, is not very friendly to her neighbors as they pass by, but later has another chance to make friends.
    ISBN 978-1-55885-443-7 (alk. paper)
    [1. Moving, Household—Fiction. 2. Hispanic Americans—Fiction. 3. Neighborhood—Fiction. 4. Spanish language materials—Bilingual.] I. Title: Pepita en la calle Pepper. II. Delange, Alex Pardo, ill. III. Monsivais, María Estela. IV. Title.
    PZ73.L2273 2008
    [E]—dc22

                                                                                   2008007578
                                                                                   CIP

8 9 0 1 2 3 4 5 6 7   10 9 8 7 6 5 4 3 2 1

For all of Pepita's many friends, happy reading.
—*ODL*

To my sister María Claudia, whom I am so proud of.
—*APDL*

Para todos los amigos de Pepita, disfruten el cuento.
—*ODL*

A mi hermana María Claudia, de quien estoy muy orgullosa.
—*APDL*

Pepita was almost always happy. But not today. Today she looked up and down her new street. Everything was new on Pepper Street.

There were big houses and small houses. There were tall skinny lampposts and low brick walls. By the sidewalks in front of some houses, there were pepper trees with bumpy trunks. But there were none of the things that had made Pepita happy on her old street like Tía Rosa's house with her cat Gordo on the steps. There was no grocery store on the corner with baskets of fruit and vegetables by the door. And there was no *tortillería*. Everything was different on Pepper Street.

Peace ✦ joy ✦ love

Pepita casi siempre estaba contenta. Pero hoy no. Hoy miraba su calle nueva de arriba a abajo. Todo era nuevo en la calle Pepper.

Había casas grandes y casas pequeñas. Había postes de luz altos y delgados y bardas bajitas de ladrillo. En las aceras al frente de algunas casas había árboles de pimienta con troncos rugosos. Pero no había ni una sola de las cosas que a Pepita la hacían feliz en su antigua calle, como la casa de Tía Rosa con su gato Gordo en los escalones. No había ninguna tienda de abarrotes en la esquina con canastas de fruta y vegetales en la puerta. Y no había ninguna tortillería. Todo era diferente en la calle Pepper.

Pepita's mother came to the door. "Pepita, are you all right?"

"No, Mamá, I miss my old street."

"But this is your street now," her mother said.

"It doesn't feel that way. I don't know anyone."

"You know the girl who sold us lemonade the day we moved in."

"No, Mamá, I don't know her anymore. She's been gone too many days and she's never coming back."

"We'll see. Come in now. You can grate the cheese for the enchiladas like you did in our old house," Mamá said.

La mamá de Pepita se acercó a la puerta y le dijo: —Pepita, ¿estás bien?

—No, Mamá. Extraño mi calle.

—Pero ahora ésta es tu calle, —dijo Mamá.

—No lo siento así. No conozco a nadie.

—Conoces a la niña que nos vendió limonada el día que nos mudamos.

—No, Mamá, ya no la conozco. Hace mucho que no la veo y no va a volver.

—Ya veremos. Entra. Puedes rallar el queso para las enchiladas tal como lo hacías en nuestra antigua casa, —dijo Mamá.

The next day, Pepita sat on her front steps and made unhappy faces. She looked at the big houses and the small houses and wrinkled up her forehead. She looked at the tall skinny lampposts and the low brick walls and scrunched up her nose. She stared at the pepper trees and shook her head and grumbled. If only things were not so new . . .

Pepita saw an old woman coming down Pepper Street. She wore a straw hat and bright orange shoes. She stopped by Pepita's fence and said, "Hello, honey. You're new, aren't you?"

"No, I'm not," Pepita said. "You're the one who's new because I've never seen you before."

"Tsk, tsk, tsk," the old lady clucked her tongue and walked away.

Al día siguiente, Pepita se sentó en los escalones al frente de su casa haciendo muecas. Miraba las casas grandes y las casas pequeñas y fruncía el ceño. Miraba los postes de luz altos y delgados y las bardas bajitas de ladrillo y arrugaba la nariz. Miraba los árboles de pimienta y movía la cabeza de un lado a otro y se quejaba. Si todo no fuera tan nuevo . . .

Pepita vio a una viejita que venía por la calle Pepper. Traía puesto un sombrero de paja y brillantes zapatos anaranjados. Se detuvo frente a la barda de Pepita y le dijo:
—Hola, cariño. Eres nueva, ¿verdad?

—No, no lo soy, —dijo Pepita—. Usted es la que es nueva porque nunca la he visto antes.

La viejita chasqueó la lengua, —Tsk, tsk, tsk —y se alejó.

A little while later, a blonde woman walking a black dog came by Pepita's fence and said, "Hi, there. You're new on this street, aren't you?"

"No, I'm not," Pepita said. "You're the one who's new because I've never seen you before."

The blonde woman said, "My, my, my," shook her head and walked away.

Después de un rato, llegó una mujer rubia paseando su perro negro. Se acercó a la barda de Pepita y le dijo: —Hola. Eres nueva en esta calle, ¿verdad?

—No, no lo soy, —dijo Pepita—. Usted es la que es nueva porque nunca la he visto antes.

La mujer rubia dijo: —Caramba, —movió la cabeza de un lado a otro y se alejó.

Then, a mail truck stopped with a screeching sound in front of Pepita's house. Lobo, Pepita's dog, came to the door and barked. The mailman jumped out of the truck. He came to Pepita's fence and said, "Hey there, kid. You're new around here, aren't you?"

"No, I'm not," Pepita said. "You're the one who's new because I've never seen you before."

The mailman said, "Well, well, well," shook his head and added, "I'm afraid your dog won't know me either."

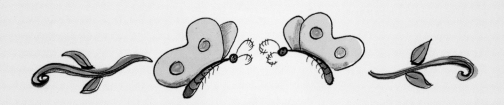

No había transcurrido mucho tiempo cuando una camioneta del correo se detuvo haciendo tremendo ruido frente a la casa de Pepita. Lobo, el perro de Pepita, fue hacia la puerta y ladró. El cartero saltó del camión. Se acercó a la barda de Pepita y le dijo: —Oye, chiquilla. Eres nueva por aquí, ¿no es cierto?

—No, no lo soy, —dijo Pepita—. Usted es el que es nuevo porque nunca lo he visto antes.

El cartero dijo: —Vaya, vaya, —movió la cabeza de un lado a otro y agregó—: Me da miedo que tu perro tampoco me conozca.

During dinner, Pepita's brother Juan said, "I met some new kids at the park today. They were nice."

"I met some new people too. But they were not nice at all," Pepita said.

"Who was not nice to you?" Pepita's father asked.

"A lady with a hat, a lady with a black dog and the mailman. They said hello and then they said I was new. And I'm not! They're new because I've never seen them before."

"Yes," Pepita's father said, "they are new to you and you are new to them. But the best way to stop feeling new is to get to know people. Soon they may become your friends. That is the way it is."

"I don't like it. I don't like feeling new," Pepita said.

Durante la cena, Juan, el hermano de Pepita, dijo: —Hoy conocí a unos niños en el parque. Son simpáticos.

—Yo también conocí gente nueva. Pero no fueron nada simpáticos, —dijo Pepita.

—¿Qué te hicieron, Pepita? —preguntó el papá de Pepita.

—Una señora con un sombrero, una señora con un perro negro y el cartero me saludaron y luego dijeron que yo era nueva. ¡Y no lo soy! Ellos son nuevos porque yo nunca los he visto antes.

—Sí, —dijo el papá de Pepita—, ellos son nuevos para ti y tú eres nueva para ellos. Pero la mejor manera para no sentirse nuevo es conocer gente. Pronto podrían ser tus amigos. Así son las cosas.

—No me gusta que sean así. No me gusta sentirme nueva, —dijo Pepita.

That night, Pepita crawled into bed and hugged her rag doll Dora.

"Dora, the lemonade girl didn't call us 'new.' All she said was, 'Hey, want to buy some lemonade?'" Pepita sighed and tucked Dora under the blanket.

"Dora, let's close our eyes and pretend we're back on our old street."

But Dora's embroidered black eye stayed wide open.

"You're no help at all," Pepita said. "I'll just have to do it myself."

Pepita closed her eyes tightly and fell asleep.

Esa noche, Pepita se metió en la cama y abrazó a Dora, su muñeca de trapo.

—Dora, la niña de la limonada no nos llamó "nuevas". Lo único que dijo fue, "Oye, ¿quieres comprar limonada?" —Pepita suspiró y arropó a Dora con la cobija.

—Dora, cerremos los ojos e imaginemos que estamos en nuestra antigua calle.

Pero el ojo bordado de negro de Dora permaneció abierto.

—No estás ayudando, —dijo Pepita—, lo tendré que hacer yo sola.

Pepita apretó los ojos y se quedó dormida.

The next day, Pepita sat on her front steps and made unhappy faces once again. But she only had time for one scrunched-up frown and one grumble before her mother came out on the porch.

"Pepita, here's Lobo's leash. Please take him for a walk on our street so that he can get used to it. I will watch you from the porch."

"Lobo won't like it. There'll be no one to pat his head or to say what a nice dog he is."

"We'll see," Mamá said. "Off you go."

Al siguiente día, Pepita se sentó en los escalones al frente de su casa otra vez haciendo muecas. Pero sólo tuvo tiempo para una mueca y para una queja antes de que su madre saliera a la galería.

—Pepita, aquí está la correa de Lobo. Por favor, llévalo a pasear por nuestra calle para que se acostumbre. Yo los vigilo desde la galería.

—A Lobo no le va a gustar. No habrá quien le haga cariños o le diga que es un buen perro.

—Ya veremos, —dijo Mamá—. Anda.

Pepita wanted to walk fast, but Lobo did not. He wanted to see everything. He inspected the low brick walls, sniffed at the skinny lampposts and barked at a squirrel that was up high in one of the pepper trees.

Soon they saw the old woman wearing the straw hat. She was in front of her house, digging in her garden.

Pepita pulled Lobo behind a bush. "Let's hide, Lobo. We don't want her to see us." But Lobo tugged and tugged at his leash until the woman looked up.

Pepita quería caminar aprisa, pero Lobo no. Él quería verlo todo. Inspeccionaba las bardas bajitas de ladrillo, olfateaba los delgados postes de la luz y le ladraba a una ardilla que estaba en lo alto de uno de los árboles de pimienta.

Pronto vieron a la viejita del sombrero de paja. Estaba cavando en el jardín al frente de su casa.

Pepita jaló a Lobo detrás de un arbusto. —Escondámonos, Lobo, que no nos vea. —Pero Lobo tiró y tiró de su correa hasta que la mujer levantó la vista.

"Well, well," she said, "it's you, isn't it? I see you have a dog."

"This is Lobo and he's a very good dog. I'm Pepita."

Lobo wagged his tail.

The woman pushed back her hat and smiled. "I'm Mrs. Green, and I'm glad to meet a very good dog because a very good dog won't dig up my prize roses."

"Of course not," Pepita said huffily, and she and Lobo walked away.

—Vaya, vaya, —dijo la viejita, —eres tú, ¿verdad? Y tienes un perro.

—Se llama Lobo y es un perro muy bueno. Yo soy Pepita.

Lobo movió la cola.

La viejita se arregló el sombrero y sonrió. —Soy la señora Green y me da gusto conocer a un buen perro. Un buen perro no va a escarbar en mis rosales que tantos premios han ganado.

—Por supuesto que no, —dijo Pepita ofendida y se alejó con Lobo.

Soon they came to a big house with a low brick wall. The blonde lady was painting a picture of a pepper tree.

Pepita ducked down below the brick wall. "Stay down, Lobo. We don't want her to see us." But a black dog ran to the fence and Lobo tugged and tugged and pulled Pepita to the fence.

The woman came to the wall. "Oh, it's you. I see you have a dog."

"This is Lobo and he's a very good dog. I'm Pepita."

"I'm Mrs. Becker and I'm glad to meet you. I'm sure Lobo's a good dog." She petted Lobo. "He didn't even bark at Blackie."

"Of course not," Pepita said huffily, and she and Lobo walked away.

Pronto se encontraron frente a una casa grande con una barda bajita de ladrillo. La señora rubia estaba pintando un cuadro de un árbol de pimienta.

Pepita se agachó detrás de la barda. —Escóndete, Lobo, que no nos vea. —Pero un perro negro corrió hacia la barda y Lobo tiró y tiró a Pepita y la jaló hacia la barda.

La señora se acercó a la barda. —Ah, eres tú. Y tienes un perro.

—Se llama Lobo y es un perro muy bueno. Yo soy Pepita.

—Yo soy la señora Becker, y me da mucho gusto conocerte. Estoy segura de que Lobo es un buen perro. —La señora Becker le hizo un cariño a Lobo y dijo—, Ni siquiera le ladró a Blackie.

— Por supuesto que no, —dijo Pepita ofendida y se alejó con Lobo.

Pepita saw the mailman stop near her house. She pulled Lobo behind a pepper tree. "Hide, Lobo. We don't want him to see us." But Lobo barked and the mailman saw them.

"Well, well," he said, "it's you again. Out for a walk with your dog, eh?"

"This is Lobo and he's a very good dog. I'm Pepita."

"I'm José. Lobo is a good name. He won't bite me, will he?" the mailman asked.

"Of course not," Pepita said huffily, and she and Lobo walked away.

Pepita vio al cartero detenerse cerca de su casa. Jaló a Lobo detrás de un árbol de pimienta. —Escóndete, Lobo, que no nos vea. —Pero Lobo ladró y el cartero los descubrió.

—Vaya, vaya, —dijo—, eres tú otra vez. Andas paseando a tu perro, ¿eh?

—Se llama Lobo y es un perro muy bueno. Yo soy Pepita.

—Yo soy José. Lobo es un buen nombre para un perro. No va a morderme, ¿verdad? —le preguntó el cartero.

— Por supuesto que no, —dijo Pepita ofendida y se alejó con Lobo.

Pepita's mother was waiting for them on the porch. "I have a surprise for you," she said with a smile. "One that just arrived."

Pepita looked at the mail truck. "Is it a letter from Abuelita?"

"It's bigger than that," Mamá said.

Out from behind Mamá jumped a little girl with bright red hair.

It was the lemonade girl!

"Hi, Pepita, remember me? I'm Katie Ann. I've been visiting my grandma who lives far, far away. Where have you been?"

La mamá de Pepita los estaba esperando en la galería. —Te tengo una sorpresa, —dijo sonriendo—. Una que acaba de llegar.

Pepita miró la camioneta del correo. —¿Es una carta de Abuelita?

—Es más grande que una carta, —dijo Mamá.

Una niña pelirroja saltó de atrás de Mamá.

¡Era la niña de la limonada!

—Hola, Pepita, ¿te acuerdas de mí? Soy Katie Ann. Estuve visitando a mi abuela que vive bien lejos. ¿Dónde andabas?

"I've been visiting too," Pepita said. "I've been visiting Mrs. Green with the prize roses and Mrs. Becker and her dog Blackie. And Lobo and I stopped to talk to the mailman. Because the best way to stop feeling new is to meet people and make friends. That's the way it is. So do you want to be friends with me?"

"Cool," Katie Ann said and held out her hand. "Let's be friends. Let's shake on it the way my daddy does."

"Okay," Pepita said and held out both her hands, "double shake!"

—Yo también estuve visitando, —dijo Pepita—. Visité a la señora Green y sus famosas rosas y a la señora Becker y su perro Blackie. Y Lobo y yo nos detuvimos a conversar con el cartero. Porque la mejor forma para no sentirse nueva es conocer gente y hacer amigos. Así son las cosas. Así que, ¿quieres ser mi amiga?

—Claro, —dijo Katie Ann y extendió su mano—. Seamos amigas. Démonos un apretón de manos como lo hace mi papá.

—Está bien, —dijo Pepita y extendió las dos manos—, ¡doble apretón de manos!

Ofelia Dumas Lachtman is the author of numerous books for children and young adults, including the popular series featuring a precocious young girl named Pepita. The first book in the series, *Pepita Talks Twice / Pepita habla dos veces*, won the 1996 Skipping Stones Honor Award and has gone on to become a favorite of teachers, parents and children. The other books are *Pepita Thinks Pink / Pepita y el color rosado*; *Pepita Takes Time / Pepita, siempre tarde*; *Pepita Finds Out / Lo que Pepita descubre*; and *Pepita Packs Up / Pepita empaca*. Born in Los Angeles to Mexican immigrant parents, Ms. Lachtman lives in the city of her birth, where she continues to write books for children and teens.

Ofelia Dumas Lachtman es autora de muchos libros para niños y jóvenes, entre ellos la popular serie de la niña precoz, Pepita. El primer libro de la serie, *Pepita Talks Twice / Pepita habla dos veces*, ganó el 1996 Skipping Stones Honor Award y se ha convertido en el favorito de maestros, padres y niños. Los demás libros de la serie son *Pepita Thinks Pink / Pepita y el color rosado*; *Pepita Takes Time / Pepita, siempre tarde*; *Pepita Finds Out / Lo que Pepita descubre* y *Pepita Packs Up / Pepita empaca*. Dumas Lachtman nació en Los Ángeles y es hija de inmigrantes mexicanos y en la actualidad vive en la ciudad donde nació y sigue escribiendo libros para niños y jóvenes.

Alex Pardo DeLange is a Venezuelan-born artist educated in Argentina and the United States. A graduate in Fine Arts from the University of Miami, she has illustrated numerous books for children, including all of the books in the *Pepita* series, *The Empanadas that Abuela Made / Las empanadas que hacía la abuela* and *Sip, Slurp, Soup, Soup / Caldo, caldo, caldo*. Pardo DeLange lives in Florida with her husband and three children.

Alex Pardo DeLange es una artista venezolana educada en Argentina y en Estados Unidos. Se recibió de la Universidad de Miami con un título en arte. DeLange ha ilustrado muchos libros para niños, entre los que se encuentran todos los libros de la serie de Pepita, *The Empanadas that Abuela Made / Las empanadas que hacía la abuela* y *Sip, Slurp, Soup, Soup / Caldo, caldo, caldo*. Pardo DeLange vive en Florida con su esposo y sus tres hijos.